(Vor)ausdenken

Philosophische Gedanken in Prosa und Lyrik

von

Martina Bohnet-Gerber

und

Günter Baum

Herstellung und Verlag:

Books on Demand, Norderstedt

Alle Rechte bei den Autoren

ISBN 978-3-7322-2634-4

Günter Baum

Meiner lieben Waltraud gewidmet

Gespräche mit F.

Vieles – sehr vieles, was über einen langen Zeitraum als unveränderlich galt, hat sich, seit ich diese Welt bewußt erlebe, grundlegend geändert.

Mit dem bewußten Erleben begann aber auch das Nachdenken, das Forschen, das Irren.

Mit dem Erkennen erst – und das ist heute im Alter – beginnt das Erschrecken !

Ich erkenne, daß ich zu der Art Lebewesen gehöre, das sich alle Mühe gibt zu beweisen, daß es durchaus möglich ist, sich selbst zu überleben.

Denn – wie notwendig sind wir überhaupt ?

Ich gebe mir gar nicht erst die Mühe, diese Frage beantworten zu wollen. Alle Notwendigkeiten, die genannt werden könnten, sind vorgetäuscht.

Wir haben uns also schon lange selbst überlebt.

Bleibt man bei dieser Erkenntnis, stirbt jede Neugier, die eigentlich die Triebfeder unseres Lebens und Handelns sein müßte.

Alles kommt eben so, wie es sich beim Werden bereits abgezeichnet hat.

Das ist sicher. So sicher wie die Tatsache, daß aus dem Samen eines Stiefmütterchens keine Tanne erwachsen kann.

Und doch gibt es immer wieder Gespräche über das Unvermeidliche, das man gern vermeidlich hätte.

Ich habe versucht, meine Gespräche mit F. zusammen zu fügen.

Als ich F. bekannte, es hätte nach meinem Verständnis nie irgendwelche Gottheiten gegeben – auch keinen allgewaltigen und allmächtigen Gott als Schöpfer, hatte ich – wenn auch schwache – doch aber Zweifel erwartet.

Aber F. nahm es gelassen, hinterfragte nicht, tat vielmehr so, als wäre meine Schlußfolgerung die einzig denkbare.

Dabei hatte ich mich auf Fragen vorbereitet, hatte mir Erklärungen zurechtgelegt um zu überzeugen.

Die Menschen hätten sich zum Beispiel Götter geschaffen – Mythologie und Bibel (eigentlich auch Mythologie) belegen es – aus Angst vor der eigenen Verantwortung.

Denn bevor Nietzsche feststellte „ Gott ist tot „ konnte dieser Gott für alles verantwortlich gemacht werden.

Doch wer etwas für tot erklärt, gibt damit auch zu, daß es vorher gelebt haben muß.

Ich gehe also weiter als Nietzsche, wenn ich von vornherein jede Gottheit in Abrede stelle.

F. war nicht besonders beeindruckt, tat vielmehr so, als hätte er das alles von mir erwartet und betonte lediglich, was ich schon wußte, selbst Atheist zu sein und vor dem Tod keine Angst zu haben – allerdings mit der Einschränkung, es dürfe kein Erstickungstod sein, denn der Sauerstoffmangel im Gehirn würde nicht sofort auch einen Gefühlstod bedeuten.

Damit waren wir von meiner Götterthese abgerückt, ohne von ihm eine Antithese erfahren zu haben.

Um dem Thema gegenüber etwas versöhnlicher zu sein, brachte ich ein Zitat Torquato Tassos, der da gemeint hatte, daß der Glaube die Fähigkeit sei, die eigenen Zweifel zu ertragen.

Zweifel als Wort ausgesprochen schien F. nun besser zu gefallen, und er leitete über zu allen Formen von Glücksbringern und den Glauben an sie, den er nicht verstand.

Denn ein Stück Stein, Glas, Gold oder Silber könnte niemals Einfluß haben auf den Werdegang eines Menschen, könnte weder Hoffnungen erfüllen noch Schlimmes abhalten oder verhindern.

Um so erstaunlicher, hielt ich dagegen, daß selbst die Kirche – im Widerspruch mit sich selbst – nie ohne Fetische ausgekommen ist.

F. lächelte überlegen, und es kam mir so vor, als hätte er dazu einiges zu sagen, besann sich aber und erwähnte stattdessen die gute Bekanntschaft mit einem Pfarrer, der nie den Versuch unternommen hatte ihn F. zu bekehren, und nur diese Tatsache gestattete beiden weiterhin einen unbefangenen Umgang.

Gewaltsames Missionieren habe ja eben zur Scheinheiligkeit und den von den Ordensträgern unerwünschten Mittelmaß aller Christen geführt.

Umgekehrt hätte noch kaum ein Atheist versucht den Gläubigen ihren Glauben zu nehmen.

Zugegeben, wir konnten an diesem Tag keines der angeschnittenen Themen abhaken.

Wir bemühten uns lediglich, so viel als möglich in die uns gegebene Zeit hinein zu packen; so als wäre es unser letztes Treffen.

Diese Eile, wie sich später herausstellte, war unbegründet, denn es sollten noch viele Gespräche folgen.

Für die meisten muß ich meine Erinnerung bemühen, denn ich habe nie unmittelbar aufgezeichnet.

Ich versuche zu ordnen und in Themen aufzuteilen.

Es ist also nicht die wirkliche Reihenfolge der Gespräche.

Es gibt ja auch die Gedanken vor einem Gespräch.

Diesmal ging es um Angst.

Angst als treibende und auch als zerstörende Kraft.

Angst hat uns die Religion beschert, Angst warnt uns vor kriminellen Energien –
- weist uns also in Schranken, die nur noch durch Drogen fallen könnten.

Angst vor was eigentlich ?

Vor der eigenen Verantwortung – das hatten wir schon.

Angst vor allem vor einem Versagen, was ja unweigerlich die augenblickliche Existenz gefährdet.

Alle Ängste aber stehen in einem engen Zusammenhang mit der Tatsache, daß wir von unserer Spezies nicht allein sind.

Gemeint ist die Furcht des Menschen vor dem Menschen – keineswegs unbegründet, wie ja alle Geschehnisse seit unseres Erscheinens auf diesem Planeten beweisen.

Als Krone der Schöpfung zur Selbstkritik weitgehend unfähig, überläßt man es dem loser – also dem Verlierer (eben weil es nichts mehr zu verlieren gibt) – eine Art Nestbeschmutzung zu begehen.

Nein. Der Mensch ist nicht gut.

Wenn Schopenhauer mit seinem Pudel unzufrieden war, beschimpfte er ihn mit „ du Mensch ! „

Bei ihm ist aber auch der Wille Ursache aller Dinge.

Wir selbst können uns aber so, wie wir sind, nicht gewollt haben. Weshalb wir nun eben die Genforschung bemühen, um der Erde den idealen Menschen zu bescheren.

Die „ Fehlschöpfung „ korrigiert sich selbst.

Dann kam das Gespräch, das sich – wie so oft – sehr bald in Seitenstraßen verlor.

Traumzustand

Was ist das Leben ? Ein Spiel, ein Traum, eine Illusion ?

Sinnlos wenn wir ihm keinen Sinn geben ?

Man muß es meinen.

Ich habe von einer Stadt gehört in einem fernen Land. Dort muß alles sehr

schnell gehen. Schnell Schule, schnell Karriere, schnell Geldverdienen.

In den oberen Etagen eines Hochhauses treffen sich all jene, die es geschafft

haben.

Unter ihnen von einer Brücke über einem reißenden Fluß stürzen sich all jene,

die es nicht geschafft haben und niemals schaffen werden.

Vielleicht schauen die vom Hochhaus dabei zu.

Alles homo sapiens – meine Spezies.

Oder ein anderes Land in dem Gleichheit versprochen wird aber Erfolglose als

Gesindel ausgewiesen werden.

Eigentlich war doch schon immer – will sagen von Anbeginn – der ärgste Feind

des Menschen der Mensch.

Trotzdem – es ist meine Spezies. Eine Gattung, die sich als Schöpfung selbst

nicht leiden kann.

Das Leben ein Traum – wie schön das wäre ohne der Illusion einer Bestimmung.

Obwohl ich das alles weiß, leiste ich mir den Luxus meiner Träume.

Bin wohl ein Außenseiter meiner Spezies.

Verrückt. Ja, es ist verrückt, in aller Sinnlosigkeit einen Sinn zu suchen.

Deshalb versuche ich mein Leben zu träumen.

Irgendwann werde ich aufwachen – dann bin ich tot.

Verdeckte Geschichte

Ein gewaltiger Kulturschutt verwehrt uns den Blick auf unsere Anfänge.

Dabei ist unsere Geschichte ja noch nicht so alt.

Der Blick zurück aber ist notwendig um zu begreifen, warum wir geworden sind, was wir sind.

Bis hier durchaus eine Art Allgemeinwissen und nicht spektakulär.

Spektakulär dagegen die Aussagen eines zweiten Offiziers. Er sei von der Auswertung unserer Vergangenheit unbefriedigt, da sich jeder als Kapitän aufspielen könne und Homer sei nun einmal der älteste Beleg unserer Kultur.

Jetzt weiß ich schon nicht mehr, wer der zweite Offizier ist – wohl eine Art Kassandra, die warnt, daß man mit der Geschichte behutsam umgehen müsse und auch Unliebsames nicht einfach leugnen könne.

Viel Fälschung macht sie hingegen an vielen Stellen unverständlich.

Ich behaupte, daß nur Fälschungen den Vatikan stark erhalten haben.

Aber wie wollte man Millionen von Menschen ihren Glauben als Fälschung darstellen ?

Auch da ist inzwischen ein Meter hoher Kulturschutt ein Dämpfer, eine Wand des Versteckens, des Zudeckens.

Und das ständige Anwachsen dieser Wand macht jede Entdeckung schwierig, teuer und nahezu unmöglich.

Wir sind eben darauf angewiesen zu glauben und weniger zu wissen.

Die Zeit arbeitet für den Glauben.

Versuch einer Synthese

Ob Gegner oder Befürworter der globalen Umarmung beide haben irgendwie und irgendwo recht.

Und natürlich haben auch die recht, die da behaupten, man könnte nicht ständig in der Mitte stehen, wollte man etwas bewegen.

Muß man etwas bewegen ?

Um diese Frage leichter beantworten zu können, empfiehlt es sich den Blick von unserer hohen Warte nach unten zu richten.

Unten das sind die Slums in den Großstädten, das sind die Kinder, die sich prostituieren oder die schon sehr jung arbeiten müssen, das ist die vegetierende Masse in den vielen Armutsregionen dieser Erde – dort, wo die Bevölkerungszahl explodiert.

Bis jetzt noch scheint alles von uns weit weg. Aber diese benachteiligten Wesen haben wie wir 46 Chromosomen und sind damit von unserer Art.

Außerhalb dieser Slums geboren zu sein ist ja kein Verdienst.

Um etwas zu bewegen, umarmen wir uns in Europa erst einmal selbst und dann die Welt.

Gemeinsame Standpunkte werden erstrebt doch selten erreicht.

Die Wirtschaft definiert diese Umarmung mit dem Erschließen neuer Märkte und die Politik mit der Ausbreitung der jeweiligen Ideologie.

Edelmut ist eben immer nur ein Bekenntnis ohne Bindung gewesen.

Nun ist das Verfolgen bestimmter Interessen zwar legitim entlarvt aber auch die Mär von einer Uneigennützigkeit.

Aber wer bezahlt Annäherung und Umarmung ?

Bisher ist man gewöhnt, daß der Zahlende zu den Verlierern gehört, und daß der Gewinnende deshalb schweigt.

Die ungleiche und oft auch als ungerecht empfundene Verteilung von Besitz löst den ständigen Schrei nach Gerechtigkeit aus; einer Gerechtigkeit, die es nie gab und nie geben kann, da Gerechtigkeit eine absolute Gleichstellung aller Wesen mit 46 Chromosomen zur Folge haben müßte.

Ich denke, jeder verfügt über genügend Fantasie, um sich dieses Bild der Unmöglichkeit ausmalen zu können.

Die Geschichte lehrt uns, daß bis zum heutigen Zeitpunkt Länder, die nicht autark sein können und konnten, gut daran tun und taten sich dem jeweils herrschenden Imperium anzuschließen.

Die europäische Umarmung ist global gesehen der Versuch, durch ein neues Machtzentrum diesen bestehenden Anschluß etwas zu lockern.

In all diesen Reaktionen steckt das Erbgut unserer Vorfahren, die nicht mehr allein leben wollten, deshalb Ortschaften gründeten und sich aus Gründen der Sicherheit zusammentaten.

Jeder Zusammenschluß ist also immer auch eine Form der Selbsterhaltung.

Schon immer haben Länder und Völker zu Allianzen gefunden, sie wieder verlassen und sie erneut geschlossen. Was auch wieder ein Beleg für die Wiederholbarkeit geschichtlicher Abläufe ist.

Wir werden nun mal nach einer Zeit des satten Lebens immer wieder mit den gleichen Problemen konfrontiert die da wären Marktsättigung und erhöhte Schulden Bereitschaft.

Die Gefahr liegt in der nicht einschätzbaren Unzufriedenheit ausgemusterter Arbeitskräfte, die sich nicht mitgenommen fühlen, und die dann mit der schon vorher bestehenden Armut eine Allianz eingehen, und die nicht wahrhaben wollen, daß sie beim Hobeln einer neuen Ordnung die Späne sein sollen.

Und dann gibt es ja noch die so oft und so viel beschworenen Kulturkreise, die unantastbar zu bleiben haben, denn sie sind die Identitätsmerkmale bestimmter Gruppen, die eben nur dadurch zu bestimmten Gruppen werden.

Lieber trocken Brot essen, als dieses Schutzdach zu verlieren.

Es ist aber die Furcht dieser weitreichenden Umarmung, daß alles zu schnell vorangetrieben wird, denn eine Vermischung, soll sie Bestand haben, muß wachsen – braucht Zeit.

Das Tempo, nach einer immer noch nicht ganz bewältigten deutschen Wiedervereinigung gleich ein großes Europa zu bauen, ist beängstigend.

Gut Ding will gut Weil.

Wenn alte Verhaltensmaßregeln noch gültig sein sollen, dann wäre das Tempo zu drosseln.

Sonst könnte man den Eindruck gewinnen, daß, wenn wir nicht schnell umarmen, wir dann umarmt werden.

Erst beim Status quo

wird der Urknall

als Fermate des Universums

in sich zusammenfallen,

wieder in das Zentrum rasen,

um erneut einen Urknall auszulösen.

Dieser Pulsschlag ist die einzige Unsterblichkeit,

die es wirklich gibt.

Nennen wir es Gott.

Als der Specht in die Dämmerung kicherte,

war der Tag dem Abend nah,

Grabgesang vergangener Stunden,

Hohngelächter für verpaßte Zeit,

 unwiederbringlich, einmalig,

auch wenn morgen ein neuer Tag beginnt.

Das letzte Dorf

Da, wo am Morgen noch die Hähne kräh´n,
da ist das Land, da sind die Bauern.
Da, wo sich Ochs und Kuh versteh´n,
da kann kein Unheil lauern.

Da, wo der Mist noch dampft und stinkt,
und Fliegen sich daran laben,
da, wo jeder Kuhschwanz freundlich winkt,
gibt´s noch die grünen Fladen.

Doch ach, leb´wohl mein Dorf, ich sag´Ade,
die Zukunft wird dich nicht mehr finden.
Der Fortschritt ist wie schwerer Schnee,
und du wirst unter ihm verschwinden.

So ist das Leben, sagen die Romane.

So ist das Leben, sagen die Filme.

So ist das Leben, sagen die Philosophen.

Aber es ist ganz anders,

und es geht ohne sie weiter.

Sokrates ahnte es,

und Platon wußte es vielleicht schon.

Aber irgendwann begann dann die Wichtigtuerei,

und einer versteht heute den anderen nicht.

Am Schluß haben alle recht.

Irgendwann werden wir wieder bei Sokrates beginnen.

Dann schließt sich der Kreis,

und wir werden immer noch nicht wissen,

wie das Leben ist.

Vielleicht aber auch wollen wir es gar nicht wissen –

nur leben.

Tretrad

Die Seele atmet Stumpfsinn,

und der Bauch hält die Luft an.

Das Heute ist wie das Gestern,

und das Morgen hat kein Versprechen.

Alles erschöpft sich,

und alles wiederholt sich,

und dabei könnte nur die Einmaligkeit

Trauer und Freude verbessern.

Mit dem Vergehen von Zeit

wachsen die Erinnerungen.

Sie umwachsen unser Ich,

bis wir eins sind

mit dem, was war,

und dann ist der Abstand

kein Abstand mehr,

weil wir alles nur noch

als einen einzigen Tag empfinden.

(meiner Waltraud zum Geburtstag)

Das Leben –

nur ein Kuß der Ewigkeit,

mancher flüchtig,

mancher innig,

aber jeder unauslöschlich,

auch wenn die Lippen längst schon trocken,

bleibt das Leben

in der Luft, im Raum,

auch wenn es sich ständig erneuert,

ist Leben und Sterben

ein Kuß nur –

Erwachen und Abschied gleichermaßen.

Die Jugend, so sagt man,

sei das Kapital der nahen Zukunft.

Man hat es immer gesagt.

Alle haben es gesagt.

Auch die Herrscher, die uns Verderben brachten.

So, wie die Jugend heute ist,

wird also die nahe Zukunft sein.

Und wir tun so wenig,

um sie zu verstehen,

wenn sie sich wie ein Kind

der ferneren Zukunft gebärdet.

Ist sie nicht unsere Saat,

deren Ernte wir so fremd empfinden ?

Sie ist kein rohes Ei

und auch kein Prügelknabe.

Sie ist das Resultat

unseres Denkens und Handelns.

(Die ganze Lyrik bis hierher ist aus dem Lyrikband „Als die Sonne ins Meer fiel.")

An die Nachgeborenen (Brecht-Anklang)

I

Die Zeit, in der ich lebe,

ist angefüllt von Neuerung,

jede Gültigkeit von gestern

stellt das Heute in Frage,

und aus jedem Aufbruch ist ein Umbruch geworden,

der Werte verteilt,

die nicht jeden erreichen,

da nur die Raffinesse

die nötigen Fangarme wachsen läßt.

Aber ich beschwere mich nicht,

weiß ich doch, daß Gerechtigkeit

schon immer ein Wunschtraum war,

der bei Erfüllung verblaßt

und Kräfte schwinden läßt.

Der Überfluß hat aus meinem Land

ein Warenhaus gemacht.

Ob ich den Überfluß verdiene,

weiß ich nicht,

und das schlechte Gewissen

beim Anblick hungernder Kinder auf dem Bildschirm

ist bei der nächsten Fußballübertragung vergessen.

So stehe ich also mitten im Überfluß,

denke an Sokrates,

der einmal sagte,

daß die Dinge so zahlreich wären,

deren er nicht bedurft hätte

und überlege, was aus uns geworden wäre,

hätte sich seine Philosophie durchgesetzt.

Nein, ich beschwere mich nicht

heute Zeuge eines Umbruchs zu sein.

II

Ich kam in diese Welt

und in dieses Land,

als man Eroberungslieder sang,

und ich habe mitgesungen

in Erwartung einer Heldenrolle,

die man jedem versprach,

der diese Lieder auswendig kannte.

Erst der Luftschutzkeller

ließ uns leiser werden,

und als wir nur noch Trümmer sahen,

lernten wir das Überleben,

und viele – zu viele – schafften es nicht.

Ich hatte Glück,

mußte aber neue Ziele suchen

ohne Verblendung

und ohne sich selbst etwas vorzumachen.

Ob es mir gelungen ist,

weiß ich bis heute nicht so recht.

III

Ihr, die ihr unsere Fehler vor Augen habt,

könnt euch an uns beweisen,

könnt – nein m ü ß t vorleben,

wie man Überfluß gerecht verteilt,

müßt widerlegen,

daß entgegen meiner eigenen Meinung,

sich Geschichte nicht wiederholt,

und dabei beneide ich euch nicht,

denn ihr wäret die ersten,

denen es gelänge.

Vielleicht ist das der Ansporn.

Aber Neid ? Nein, ich neide nicht.

Abwandlung Brecht Text

Kein Buch hat bisher die Welt verändert,

auch nicht die Meinung eines Dichters,

und es wäre Unsinn nicht zu trinken,

nur weil es Durstende gibt.

Schreiben ist die Reflexion vom Leben,

in dem man auch über Bäume spricht,

der Leser will doch selbst entscheiden,

was gut und böse ist.

Natürlich können Worte auch zu Waffen werden,

die nicht töten – nur verwunden,

doch bei aller Hitze Zurückhaltung zu üben,

das kann durchaus weise sein.

Martina Bohnet-Gerber

Rein menschliche Abhängigkeiten

in gärten scheint mir
wächst des lebens antwort ganz offen verborgen
füllt den platz der stunden die zu sparen nie gelang

im leisen licht wachsen blumen der rest an duft verfällt dem tag
und welche wiesen es waren aus welchen gärten es kam
hat das rauschen der kronen längst in die stille getragen

Es sind zwei Faktoren, die jeden Umgang mit dem komplexen Thema Garten prägen. Ein von außen an uns angelegter Maßstab das Wetter und der von uns als Maßeinheit entwickelte Hilfsbegriff Zeit. Beides sind messbare Größen. Wir haben uns für den täglichen Umgang damit technische Geräte entwickelt, um mit und zwischen diesen Bedingungen leben zu können. Äußerlich begrenzt die Temperaturabhängigkeit, innerlich entscheidet die Zeitabhängigkeit, in welche Richtung sich unsere Gartenaktivitäten ausbreiten werden.

In den kalten Wochen entsteht eine „Quelle der Nahrung" für Geist und Seele. Es häufen sich die Anregungen, aus ihnen heraus lässt sich Kraft schöpfen, gerade in den langen Wintermonaten. Wenn ein von innen-nach-außen Gehen nicht mehr so leicht fällt, erscheint es sinnvoll, das Außen näher heranzuholen. Der Blick geht tiefer zu den Wurzeln. Die Gedanken betrachten auch verdeckte Abläufe, werden nicht mehr durch Farben und Düfte abgelenkt. Der kahle

Zweig eines Baumes hält bereits den Frühling in sich verborgen. Wir nennen den Kristall Schnee und sehen auch in dem Tropfen Wasser, aus dem er kam, in den er zurückkehren wird, nur eine Wandlung der Form, der Erscheinung. Im Winter dominieren Texturen, Strukturen, legen sich Gerüste frei. Es kann sich eine Muße des Betrachtens und Nachdenkens entwickeln, die anders geprägt ist als in den warmen Wochen. Sie greift eher am Kern des Lebens an, ist ernsthafter, lädt ein zu stärkerem Innehalten und vertieftem Sehen, wenn das Wachstum aufgrund der niedrigeren Temperaturen langsamer verläuft.

Auch der Garten, wie das gesamte Leben, fordert einen eigenen Aufwand, eigene Kritikfähigkeit, ein Auseinandersetzen mit sich und der Situation, den Verstrickungen im Zeitgeist. Ein Sortieren, dessen Ziel nur sein kann, für sich und sein nahes Umfeld aus dem Alltag heraus das Angemessene heraus-zuarbeiten, umzusetzen. Doch eigentlich ist viel weniger nötig. Kindern hat die Natur per se das für sie lebensnotwendige Vertrauen in Natur in Form von Neugier mitgegeben. Für ein schlichtes Naturbetrachten bedarf es nur offener Augen, wacher Sinne, der Bereitschaft um sich zu blicken, zu beobachten, anzunehmen. Alles Fähigkeiten, die uns Menschen an sich gegeben wurden. Seltsamerweise betreibt eine älter werdende Generation vorzugsweise „verbale Wertschöpfung". Gibt das Geschenk der Schöpfung, dieses einfache Glück, das in uns geborgen liegt, sozusagen generationenungerecht weiter. Natur und Technik sind kein Widerspruch, entscheidend ist und bleibt der persönliche Einsatz – im doppelten Wortsinn, auch gewendet. So gelingt es, aus Benutzen einen Nutzen entstehen zu lassen. Er umfasst mehr als die eigene Zeit, bildet nachhaltigen Fortschritt. Ein Garten bietet die Möglichkeit, Zukunft in Gegenwart abzubilden (nichts anderes ist Pflanzen). Genau dies bleibt die grundlegende Bedeutung von Nachhaltigkeit. Sie umfasst mehr als die eigene Zeit, eben nicht die Verlagerung der Verantwortung auf die nachfolgende

Generation und beinhaltet automatisch die Bereitschaft, dem Nachwuchs nachwachsende Ernte zu gewähren.

Für einen Gärtner besteht zwar auch die Möglichkeit, den Blick vom eigenen Garten auf den Garten des Nachbarn oder ein anderes Grundstück zu lenken. Gartenarbeit hindert keinen Gärtner am Nachdenken und Studieren dieses Themenfeldes. Gartenarbeit ist genau genommen das Resultat parallel verarbeiteten Wissens. So wird Wertschöpfung zu Wertschätzung und umgekehrt.

"Heute feiert dieses Wort 300. Geburtstag". So lautet die Überschrift eines unbedingt lesenswerten Artikels von Andrea Hentschel, abgedruckt in den Nürnberger Nachrichten in der Ausgabe vom 25.03.2013. Wer diesen nicht kennt könnte bei der Zeitung nachfragen und zusätzlich das Internet zu Rate ziehen. Schließlich hat selbst die amtierende Bundesregierung einen Rat für Nachhaltige Entwicklung ins Leben gerufen.

gänseblümchen

ab wann wechselt es die seiten
von der kindheit zum brennenden busch

woher kann es wissen und daran glauben
wenn niederknien keiner aufmerksamkeit
bedarf augenhöhe das maß bleibt
aufschauen keine absicht in sich führt
die möglichkeiten des schweigens nicht
gegen die sprache an sich gerichtet sind

womit kann es bestehen vor der gegenwart
wenn all die mageren plätze belegt sind

Versuch I

das blau queren

wie paradiesvögel

tief ins magnetische

rot

mathematisch gelebt

ist das ergebnis gleich

das blau queren, wie paradiesvögel tief ins magnetische rot, mathematisch gelebt

ist das ergebnis gleich

das blau queren wie paradiesvögel

tief ins magnetische rot

mathematisch gelebt

ist das ergebnis gleich

Die Vergangenheit des Fortschritts

Bäuerliches Leben war eine beständige Entwicklung, auf einem gemeinsamen Fundament aufbauende Kulturgeschichte der Landschaften. So mächtig die Veränderungen der Zeit daherkamen, mit dieser gewachsenen Vielfalt und ihrer geborgenen Erfahrung konnte immer die rechte Auslese getroffen werden. Vor Jahrzehnten hat diese Epoche musealen Status erreicht. Damit entstand auch der Zugzwang, aus Gebäuden und Hallen herauszutreten und zusätzliche Landschaften einzurichten. Wenn sich eine gesellschaftlich relevante Struktur aufzulösen beginnt, gewinnt sie an Wert, schlägt die Stunde der Subventionen und Theorien, die zukünftige Forscher und, zeitversetzt, Historiker beschäftigt. Ironischerweise beschleunigt gerade diese Herangehensweise, dieses Prinzip, den aufkeimenden Niedergang nachhaltig.

Auch über 100 Jahre Natur- und Kulturschutz-Gesetzgebung haben den stetig anschwellenden Verlust weder verhindern noch ausgleichen können. Jene Texte werden selten ernsthaft mit Leben gefüllt, bleiben vorrangig in weitläufigen Amtsstuben und Interessen hängen. Längst befinden wir uns auf oder zwischen den nächsten Ebenen. Die Industrieanlagen werden rückgebaut, die Kommunikationsgesellschaft überzieht das Restland flächengenau bis auf den Punkt. Unsere Laboratorien platzen vor Innovationen der genetischen Masse, sind belegt mit der Größe des Nanokosmos, der Flut an Patenten.

Und, wie immer leise, kommt die Verbesserung daher, längst gestartet in angepassten Förderprogrammen mit ihrer fachlichen Sprachschöpfung. „Unser Dorf soll schöner werden" wurde einstmals erfolgreich umgesetzt. Nun fordern Metropolregionen das „Regionale" zum „Interregionalen" Austausch heraus. Bei den sich vermehrenden Gewerbe- und Gartenschauen, Märkten und Messen erhält die Natur ihre Pflanzfläche. Die Museumslandschaft erweitert sich zur Galerie der Naturwelt, sammelt phasengenau alle Umgebungen ein. Und auf die wachsende Gefühllosigkeit des Menschen haben die Multikonzerne des Lebens mit einer ausgereiften Fülle an Sinnesrezepten reagiert, Antwort gegeben.

Wir werden auch dieses Mal gut versorgt entlassen.

mengenlehre

selbst kostbares gewebe altert
spaltet fäden in untergrund

wer kennt die strukturen um wissendes zu ordnen
welches wissen kann preisgegeben werden zugunsten des gleichgewichts
wie erkennt es umgebungen und ordnet sich zu

Es gibt Plätze im Garten, die einem hohen Erwartungsdruck standhalten müssen.
Pflanzen, an die ein besonders strenger Maßstab angelegt wird. Wenn hier keine
Höchstleistungen vollbracht werden, geraten wir schnell in ungerechte
Verhaltensweisen. So gestehen wir einer Eibe in der Hecke einen äußerst
ungleichmäßigen Wuchs zu und übersehen das beginnende Verkahlen der
Zweige. Steht aber eine Eibe frei an besonderer Stelle, so ändert sich schlagartig
ihre Wertigkeit für uns, und ein kritisches Begutachten lastet auf diesem
Gewächs. Dem Anspruch, unseren gedachten und geplanten Zweck zu erfüllen,
geben wir eine exakte Definition.

In dem Maß, indem sich unsere Anforderungen breit machen, steigen natürlich
auch die Fehlermeldungen, die Enttäuschungen. Und manchmal nagt diese
Nichterreichbarkeit auch an der Gärtnerehre, mitunter sogar am Herscherrecht.
Denn immerhin ist der Garten das einzige Refugium, in welchem der Besitzer
nahezu ungestraft tun und lassen kann was er möchte. In bestimmten menschen-
und damit gartengeschichtlichen Epochen war das Formieren von Gewächsen

ein ausgesprochenes Gestaltungsprinzip, letztendlich natürlich Ausdruck eines gesamtgesellschaftlichen Zustandes. Man wählte Pflanzen, die von ihrer Art her häufiges Beschneiden ertragen und sich mit langsamem Wachstum gleichmäßig in ihren Verzweigungen entwickeln. Trotzdem waren es alles Pflanzen, die in ihrer ursprünglichen Wuchsform eher aufstrebend gedeihen. Niemals wäre man auf die Idee gekommen eine Forsythie oder Spiraea, eine Kolkwitzie oder Weigelie kugelrund zu schneiden, in Form zu zwingen. Verblüffenderweise hat sich die Natur in kleineren Strukturen ausgesprochen rund geprägt. Viele Blüten und Samen folgen der Kugel als Ordnungsprinzip. Auch in den mächtigsten pflanzenmöglichen Ausdrucksformen der Laubbaumkronen lässt sich dieses Merkmal finden. In den gemäßigten Höhenbereichen der Sträucher und Gehölze ist dieser Anspruch bei weitem nicht so ausdruckstark. Mit der Schnur penibel geschnittene Hecken erscheinen heute fraglich. Sollte sich dahinter ein altbarockes Kleinod befinden oder sie zur Struktur einer ausgewogenen Gartenkomposition gehören, ergibt sich eine eigene Harmonie, die in sich ruht und nur angenehm auf den Betrachter wirken kann. Allzu oft verbirgt sich hinter diesen Höhen keine den Augen und Sinnen zusprechende Anlage, wenngleich „Gartengrenzen" manchmal horizontale Lösungen erfordern. Oftmals sind die Gärtner selbst nicht zufrieden mit diesem Anblick und ihrer Tätigkeit, verweisen auf den Mangel an Raum und Möglichkeiten. Dieser ganzjährig gleichförmige Anblick birgt eben auch die Gefahr der Eintönigkeit, der Einfarbigkeit in sich. Im Vergleich dazu erscheinen unseren Augen wilde Gärten an sich spannend, lehrreich und vielfältig. Ihnen haftet das Abenteuer der Erforschens an. Sie bleiben auf ihre Art geheimnisvoll, sind nicht sofort zu erfassen. Sie entwickeln die Sehnsucht, etwas entdecken, damit auch Ausbrechen zu können aus den formierten, gleichgemachten Lebensumfeldern der jetzigen Zeit. Doch immer wieder beschweren sich Gremien und Menschen über „verwahrloste" Grundstücke und Flächen in ihrem Umfeld. Was auch immer die Formulierung aussagen soll, spiegelt sie doch einen Anteil an Hilflosigkeit und ein Maß an Unwillen der Betrachter wieder. Der Drang der Natur soll möglichst eingegrenzt und sich in entfernteren Bereichen Raum suchen.

Auch der Versuch, die Pflanzenwelt in ausländisch und heimisch aufzuteilen, bleibt ein diffiziles Unterfangen. Auch „ausländisch" wird irgendwann „inländisch", deswegen ist der reine Begriff heimisch so irreführend. In welchem Ausmaß die heutigen Gärten noch in der Lage sind, das gesellschaftliche Stadium zurückzuwerfen, bleibt vage. In Zeiten der zuverlässig gewonnenen Freiheit des Einzelnen, der Selbstverwirklichung, könnte man vermuten, dass an die Stelle der strengen Obrigkeitsvorgaben und der damit verknüpften Untertänigkeit nun die freie, unabhängige Persönlichkeit getreten ist – damit auch die Kreativität und das bewusste Erfassen der Zusammenhänge, mehr Wichtigkeit für den Einzelnen eingenommen hat. Welche Auswirkungen dies auf die Deutung, Beurteilung der Gartenentwicklung haben könnte ist nahe liegend. Wie die Bewertung ausfällt wird sich erst mit dem nötigen Zeitversatz zeigen. Aber sie ist natürlich auch abhängig von der Größe des Verlustes an Gartenkultur und dem Willen, der Zukunft wieder ein Stück Vergangenheit anzufügen.

ohne eigenen ton

manchmal nachts kann sich das eigene zählen

neidlos abgeben – einfach an andere

für die ergebnisse aussage werden

für die sie ihren preis bekommen

in deren gesichtern

das staunen sich schreiben

fast mit händen

ereignisse ohne eigene zahl

Versuch II

Wieviel ist genug? Wieviel Einstiegsgedanken, Wissen und Veränderung
verträgt ein Text?

a) Text – Gedicht anders formuliert Prosa – Lyrik unter eine einzige
   Überschrift bringen.
   Eine andere Schreibweise für die selbe inhaltliche Aussage bekommen.
b) Person – Protagonist, männlich dann weiblich.

Optische Harmonie

in der lichtbrechung erliegen
wir nicht länger
der täuschung jener farben
dann zeigt sich das weiß
bis zur purpurlinie

War das, was er sah und hörte, von der Welt soweit entfernt von den Worten, die
hier heute gelesen lagen? Irgendwann hatte er aufgehört sich zu fragen was er
wollte. Dann redete er sich nicht mit ich an, sondern wechselte zum
Allgemeinen über. Irgendwann fragte man nicht mehr was man wollte, gewollt
hatte. Man betrachtete was man bekommen hatte, reihte es aneinander, stellte
fest, abzählend. Halbdenken nannte er es. Man vereinfachte das Abzählende

zum Zählen, nahm es zur Kenntnis, schrieb es ab als Summe in Worten und fand sich damit ab. Stellte fest, es gibt zwei Arten Blumenzwiebeln zu pflanzen, „feierlich" oder „heimlich". Die eine hängt sich mit Datum und Anlass an den Zeitpunk, die andere lässt sich verwildernd ansetzen, in dieser Variante steckt eine unabhängige Eigendynamik, losgelöst von eigener Erwartung. Dann erkannte man, dass die alten Kleider dunkler geworden waren, was nicht an den Kleidern lag, sondern am schrägen Tageslicht. Mit den neuen Lampen, die heute Leuchtmittel genannt werden, hatten sich die Farben freiwillig geändert – mehr nicht. Spätestens beim nächsten Arztbesuch würde er wieder davon hören, weil es zum Tagesgespräch werden könnte. Dann kam es darauf an, wie viel Veränderung man seinen Augen zumuten wollte. Man kann etwas schneller nicht mehr hören als man es nicht mehr sehen kann. Er würde verneinen, dass er irritiert sei von der neuen Lampe, weil ihm glaubhaft versichert werden würde, es handele sich um natürlichem Sonnenlicht angepasstes gelbes Tageslicht, ganz ohne Wärmeentwicklung. Im Winter bleibt es also gleich kalt und im Sommer gleich warm, immer authentisch. Der Energieerhaltungssatz stimmt, der Thermodynamik ist damit Genüge getan. Bis hierher stimmt die Physik nach wie vor. Er würde selbst zuerst diese knappen Worte und dann die ganzen Sätze träumen und nichts von dem anzweifeln was er sah, denn manchmal bleiben Messwerte ohne Bedeutung, innerhalb der Grenzen der Tagesverfassung. Man ordnete die Osterglocken wieder den Blumenzwiebeln zu, beließ die Farbe bei gleichem Gelb, nahm nebenbei die Tulpe aus dem Bündel, der Wurzel-ausscheidungen wegen, die ein Blumenwasser unerträglich für diese Blüte machte. Man wählte kein Gefäß aus Glas, wegen des beigelegten Frisch-haltemittels Rücksicht nehmend auf amorphe Struktur und Oberfläche der Vase. Anschließend griff man zum gekochten Ei, suchte die aufgedruckte Identifikationsnummer vergeblich, ordnete sie analytisch dem abkühlenden Kochwasser, der im Gleichgewicht befindlichen Dampfphase und dem sichtbaren Kondenswasser am Glasdeckel mit eingetragenem Markenschutz zu. Das Eiweiß war weiß geblieben, das Gelbe im Ei natürlich gelb, man dachte an die aufgelöste Stempelfarbe, an E132, erkannte, dass man sich heute als Verbraucher schützen kann, man Schutz genießend suchen kann. Er vertraute den Hühnern und der Richtigkeit aller Angaben, aus denen längst Daten, virtuelle Worte oder ähnliches geworden waren mit transparenten Wegen genauso durchsichtig klar wie Blumenwasser, Kochwasser und die Luft gemeinsam. Man nutzte alles Hintergrundwissen. Eine Menge von Daten erzeugt Datensätze. Mit Worten arbeitet man nur theoretisch, bis sich im Ergebnis ähnliche Sätze formen, wie *im Nebel lösen sich Tropfen heraus, kriechen in die Bücher, aufgereiht, schlafen die Jahre zurück, die aufstehen als könnte es morgen sein.* Diese Kombination könnte auch anders angeordnet

im nebel lösen sich tropfen heraus

kriechen in die bücher

aufgereiht

schlafen die jahre zurück

die aufstehen als könnte es morgen sein

anders angeordnet eine andere Entwicklung auslösen und parallel zu einem Buch führen.

Man könnte auch mit dieser zuletzt entstandenen Verknüpfung, mit dieser lyrischen Struktur in das Thema optische Harmonie einsteigen, damit das Ende zum Anfang, zum Einstiegsgedanken machen. Konsequent weiter ausgeführt mit *in der Lichtbrechung erliegen, wir nicht länger, der Täuschung jener Farben, dann zeigt sich das Weiß, bis zur Purpurlinie* endgültig enden.

Zwischenzeitlich vervollständigte sich der Gesamtzusammenhang zu knappem naturwissenschaftlichen, gesetzlichen Ausdruck.

Versuch II b)

Zwischengefügt in diese Texte hat man sein gesamtes physikalisches, chemisches Teilfachwissen, es damit sichtbar eingearbeitet. Man ist damit ganz praxisnah der Ingenieurkunst gerecht geworden. Halbwissen und Halbdenken haben sich fragmentarisch kombinieren lassen, von Voltairs „es ist ein Naturrecht, sich seiner Feder und seiner Sprache zu bedienen auf eigene Gefahr und eigenes Glück", um endlich bei Gauß und seiner universellen Normalverteilungskurve zu landen. Von Ersterem ist noch nichts zu spüren, letzteres bestätigt sich permanent selbst. Man kehrt zur verbrauchten Zeit des Alltags zurück, dem Gemenge, welches immer geschlechtsneutral verläuft.

Nur eine einzige Frage bleibt zurück.

Warum ist es nicht möglich, der Politik zu glauben?

Oder

Warum kann er/sie der Politik nicht glauben?

die gleichen finger bewegen

die luft berühren nichts

fliehen unruhig zum

nächsten den es nicht gibt

solange sie nur an

diesen einen ort wollen

nicht

der duft lässt sich ändern

das licht sich verbiegen

sie kennen sich

verweigern das anders sein

selbst der schatten bleibt

purpur

"Komm, setz' dich zu mir. Ich würde dir gerne eine Geschichte erzählen. Nimm dir die Zeit und hör' mir zu."

Die Lederrose

Sie war es, da bestand kein Zweifel. Eine Verwechslung schloss er sofort aus. Seine Augen täuschten ihn nicht.

Freudig streckte er die Hand nach vorne, griff ein einzelnes Blatt und rieb heftig, es fühlte sich vertraut an. Natürlich war sie es. Aber hier, an dieser Stelle, war sie ihm noch nicht aufgefallen. Genau genommen hatte er sie vierzig Jahre lang nicht gesehen, aber auch nie danach suchen wollen.

Es schien ihm, als ob es kein Zufall war, sie gerade jetzt zu treffen. Inzwischen hatte er die Hand zurückgezogen, ans Kinn gelegt. Seine übliche Hektik war verflogen, er kannte sich selbst nicht mehr. Stand mitten im Park an einer Weggabelung, starrte auf eine kräftig rosa blühende Rose mit nicht gerade auffallendem, gedrungenem Wuchs. Er kam sich nicht einmal lächerlich vor, würde alle Fragen beantworten, Kritik von sich weisen.

Diese Rose war etwas besonderes. Es war die Rose seiner Heimat, der Landschaft am Meer, und es war zugleich die Rose seiner Großmutter. Jener Frau, die ihn aufgezogen, die jahrelang in ihrem schmalen Haus für ihn gesorgt hatte. Mit bescheidenen Mitteln, aber immer mit einem großen Gespür für Jahreszeiten, für Natur. Das Leben dort war hart aber überschaubar gewesen, hatte einen festen Rhythmus.

Sie verdiente sich ein Zubrot mit Marienbildern. Klebte sorgfältig bunte, geprägte Oblaten, die sie von einem fahrenden Händler bezog, auf zerlegte Zigarrenschachteln, Deckel und Böden. Die Seitenteile hob sie auf. „Man weiß nie, wofür die noch gut sind im Leben." Dann rahmte sie alles, kunstvoll, mit Ketten gesäuberter Muscheln, die er am Wasser sammelte, stundenlang bei Ebbe mit herauf geschlagenen Hosenbeinen suchend im Schlick watete, den Kopf auf

den Schlamm gerichtet, ein Gehäuse nach dem anderen in den blechernen Eimer warf. Wenn das Wasser zurückkam, pflückte er hinter dem Deich mit den selben zarten Fingern die Blätter der Lederrose.

"Du musst mehr Blätter bringen," hatte sie einmal gesagt. „Die Hoffung ist grün und die verträgt zwei Reihen, eher drei."

Es war ihm lieber gewesen, im Schutz des Deiches zu arbeiten. Da blieben wenigstens die Füße trocken, die Finger beweglicher, der Rücken schmerzte da wie dort.

Er lernte diese Rose kennen. Wusste genau, wie man das Laub erntete, ohne gefährlich nahe an die stacheligen Zweige oder behaarten Früchte zu geraten. Er durfte nicht zuviel von einer Pflanze entfernen, sonst musste er im nächsten Jahr dafür büßen, immer weiter wandern und suchen.

"Diese Blätter", hatte die alte Frau erklärt, „ verrotten nicht. Sie sind bereits gegerbt. Du musst sie nur noch grob trocknen. Sie rollen nicht ein. Ziehen keine Feuchtigkeit aus der Luft. Das Salz macht ihnen nichts aus. Sie behalten die Farbe ewig."

Später, als er in die Stadt fort ging, hatte er geforscht nach dieser Lederrose, in den Büchern der Bibliothek.

Lederrose, Rosa caesia

Synonym   Rosa coriifolia

Lebensraum   Nordeuropa, regionale Art, vereinzelt bis 900m

stark beschränktes Vorkommen, Gruppe der Hundsrosen

gedrungener Wuchs, bogige Zweige   1 - 1,5m

Blüte Juni, kräftig rosa, beim Verblühen heller

Frucht kugelig, orangerot 1,5 - 2cm

Wildbestand gefährdet

Heute war er unterwegs zu den Freunden. Am Wochenende wollten sie gemeinsam hinausfahren in die Berge. Weiterarbeiten. Bis zum Winter fertig sein, um einziehen zu können. Genügend Platz für sechs Personen, Rückzugsmöglichkeiten, Raum zum Selbstfinden, Ausspannen, fünf Hektar Grund.

„Wie entsteht eigentlich ein Garten", fragte er sich. „Du nimmst vier Pflöcke, schlägst sie in den Boden, verbindest sie mit einer Schnur. Schon ergibt sich ein Innen und Außen. Als ein begrenzter Raum hebt sich ein Stück Land aus der Umgebung hervor..

Ein wirklicher Garten ist dies allerdings noch nicht. Erst wenn du Verantwortung übernimmst für die Pflanzen, die du selbst eingebracht hast, oder für die, die sich dort niedergelassen haben und du dich um sie kümmerst, dauerhaft, kannst du davon sprechen.

Nicht dem Eindringen, sondern dem Ausbreiten der Natur musst du Einhalt gebieten, es in Grenzen halten, sesshaft werden - eben Gärtner sein. Deine Träume in Erde pflanzen, mit Wirklichkeit wachsen lassen.

Ich werde am Sonntag einen Garten markieren und im Herbst Rosen pflanzen, ein ganzes Beet mit der Lederrose.

Das bin ich ihr schuldig, meiner Großmutter und auch mir.

Ich werde ein Stück Vergangenheit zurückholen, vielleicht sogar Gärtner werden. Jedenfalls werde ich mich niederbeugen und hacken, gießen und jäten.

Mir die Zuversicht erarbeiten, die sie immer hatte.

Diese Zufriedenheit, oder war es nur Bescheidenheit gewesen, Lebenserfahrung?

Ich werde nicht lange mit den anderen diskutieren und erklären.

Vielleicht pflücke ich wieder einmal die Blätter dieser Rose.

"Gibt es diese Rose wirklich", fragte sie erstaunt. „Rosa caesia, ja, so wie es in dem Buch stand." „Und der Rest?" „Eine Geschichte, einfach nur eine

Geschichte." „Und warum hast du sie mir erzählt?" „Weil ich weiß, dass du

Rosen liebst." „Aber das ist doch noch nicht alles, oder?" „Und – weil du wieder

unruhig wirst." „Unruhig?" Er sah sie zärtlich an und schwieg.

Rein menschliche Abhängigkeiten

Gänseblümchen

Versuch I   Das Blau queren

Die Vergangenheit des Fortschritts

Mengenlehre

Ohne eigenen Ton

Versuch II   Optische Harmonie

Bewegung   Die gleichen Finger

Bewegung   Nicht der Duft

Die Lederrose